Adelheid Bitzer

# Jetzt wird es

# Weihnachtlich...

Märchen und Gedichte

für Kinder und Erwachsene

# Dankeschön

an meine Testleser/innen

**Steffi Conrad:**
Ich wäre beim Lesen gerne noch einmal Kind gewesen. Ihre Lieblingsgeschichte ist: „Versponnene Weihnachten".

**Karin Hellmig:**
„Nur eine kleine Geschichte" hat mich am stärksten berührt. Ich war das Stück Papier unter dem Baum. Beim Lesen versank ich in die Fantasiewelt, war mitten drin im Geschehen und konnte nicht aufhören in die Märchen einzutauchen.

**Hans und Ilse Izelle**
„Hexenbesen und Engelsflügel" hat uns in die Welt der Fantasie mitgenommen. Da war eine Märchenerzählerin im Werk.

**Sabine Rimkus:**
Beim Lesen habe ich gemerkt wie gut sich Bescheidenheit anfühlen kann „Nur eine kleine Geschichte" ist ihr Favorit.

Impressum

Bibliografische Information der Deutschen
Nationalbibliothek:
Die Deutsche Nationalbibliothek verzeichnet diese
Publikation in der Deutschen Nationalbibliografie; detaillierte
bibliografische Daten sind im Internet über http://dnb.dnb.de
abrufbar.

Herstellung und Verlag: BoD – Books on Demand,
Norderstedt

ISBN: 978-3-7578-1079-5

# Inhalt

Ich habe euch etwas mitgebracht 7

Vorwort 9

Nur eine kleine Geschichte 13

Weihnachtssterne für Debbi und Lilli 23

Hexenbesen und Engelsflügel 31

Versponnene Weihnachten 53

Whoopys erste Weihnachten 63

Tanz der Lichter 75

Die Schneeflocke 77

Das Weihnachtsherz 87

Die kleine Lokomotive 89

Wichtelwald 99

Das Kalenderblatt 101

Wie und warum ich schreibe 111

•

# Ich habe euch etwas mitgebracht...

...einen Eisblumenstrauß, gepflückt am kalten See,
eine Wolkenkuscheldecke, gefüllt mit weichem Schnee
die Uhr aus den vier Jahreszeiten,
auf der die Stunden langsamer gleiten.
Einen Kalender mit allen Terminen der Welt,
in dem klar wird, dass nur der Augenblick zählt.

Aus fröhlichem Lachen ein Buch gebunden,
für unbeschwerte und heitere Stunden,
ein Kästchen aus edlem weißen Metall,
mit Humor für jede Lage und in jeden Fall.
Wege voll mit Menschen, die wertvoll sind,
seien sie jung, alt, oder noch Kind.

Melodien von Leidenschaft und Geist gehalten,
mit Noten aus allen Naturgewalten.
Aus Sonnenstrahlen gewebt,
ein Tuch für die Tränen
vom Mondlicht erfüllt,
wonach wir uns sehnen.

Eine blinkende Kette,
aus Sternen kalt und klar,
ein märchenhaftes Weihnachtsfest,
und ein zauberhaftes Neues Jahr.

# Vorwort

Beim Schreiben frage ich mich manchmal: Hole ich meine Leser direkt an der Tür zur Fantasie ab und lasse sie gleich in meine Welt? Lade ich sie ein, mit mir zu lachen und einen Kaffee zu trinken?

… Oder gehe ich mit ihnen gemeinsam ein Stück auf der asphaltierten Straße der Realität, bis wir in das Land gelangen, wo Gedichte zwischen grünen Blättern an den Bäumen wachsen. Fragezeichen dürfen aus dem fruchtbaren Boden wie Frühnebel empor steigen, um sich von der Sonne auflösen zu lassen. Kleine Punkte und Kommas um-schwirren uns in der Dunkelheit als Glühwürmchen.

Bücher, über hunderte Jahre alt, stapeln sich am Rande des Weges. Gedichte, Geschichten, Märchen … die jede Zeit überdauerten.

Zäune aus Verboten und Mauern die Menschen trennen, sind in der weiten blühenden Landschaft nicht zu sehen. Bäche und Flüsse in denen das klare Wasser des Wissens fließt, plätschern ruhig vor sich hin.

Wenn wir an so einem Bach angelangt sind, gilt es zu entscheiden, gehen wir nach links in die Vergangenheit zur Quelle, oder nehmen wir den Weg in die Zukunft.

Wir biegen in den Weg ein, der rechts entlang des Baches führt. Er wird breiter und einladender, je weiter wir vorankommen.

Menschen sitzen friedlich auf Bänken am Rande des Weges, unter dem Blätterdach des Waldes. Sie lauschen den Vögeln und lesen.

Alte Bücher, neue Bücher.

Die Schwingungen ihrer freien Gedanken steigen langsam hinauf in den blauen Himmel. Das Firmament ist voll davon. Unbemerkt werden sie zu den Wölkchen, die an schönen Frühlingstagen über uns hinweggleiten. In ihnen wohnen Gefühle, die vielleicht als Tränen hinab regnen, oder an Wintertagen als freudig tanzende Schneeflocken die Erde bedecken.

Und jetzt sind wir in der Welt der Fantasie angelangt. Herzlich willkommen.

# Nur

## eine kleine Geschichte

In einem vom Dämmerlicht beleuchteten Zimmer, liegen viele Geschenke unter dem Weihnachtsbaum und warten auf die Bescherung. Es ist nicht nur so, dass die Beschenkten auf den Weihnachtsabend warten, die Geschenke tun dies auch sehnsüchtig. Sie fragen sich: „Bin ich auch schön? Kann ich wohl gebraucht werden? Freut man sich über mich?" So ist das in der Geschenke-Welt, weil es Sinn und Zweck der Geschenke ist, Freude zu bereiten.

Mitten in einem großen Berg in Weihnachtspapier verpackter Geschenke liege ich - ein dünnes grünes Blatt Papier mit einem Bändchen verschnürt. Das Zimmer ist geschmückt, doch die Musik spielt noch nicht und der Weihnachtsbaum ist unbeleuchtet. Die Tanne, unter der wir liegen duftet.

Während die Geschenke auf die Bescherung warten, entsteht eine Unterhaltung.

Halb auf mir liegt ein sehr dickes Paket und stöhnt: „Puhh, ist das warm hier. Ich bin doch ein Sektkühler und kann diese Temperaturen gar nicht vertragen, ich fühle mich nicht wohl."

„Eis brauche ich, jede Menge Eis und eine ordentliche Flasche trockenen Sekt!"

In der hinteren Ecke, direkt am Stamm des Baumes geht die Meckerei auch schon los.

„Wie lange sollen wir hier denn noch warten. Seit Wochen bin ich eingepackt. Wisst ihr, warum man Parfum verpacken muss? Ich sehe auch so ganz toll aus, vor allem rieche ich gut."

„Nicht so gut wie die Tanne", rufe ich in die Menge.

„Nun mal nicht so hochnäsig" stimmt der Rasierapparat mir brummend zu. „So exquisit finde ich deinen Duft gar nicht. Ich stehe mehr auf Rasierwasser."

„Wir sind auch alle schon lange verpackt, in meinem Karton ist viel Styropor und ich kann mich überhaupt nicht bewegen."

„Möchte bloß mal wissen, was es mit dem dünnen flachen grünen Paket da vorne auf sich hat" will die Küchenmaschine verstehen. „Das sieht ja nach gar nichts aus."

„Ja das interessiert mich aber auch. Ist ziemlich mickrig."

„Fast wie ein Stück eingepacktes Papier," unterhalten sich die Krawatte und die Socken.

Mensch, die meinen ja mich! Die sind aber blöd, die Allerweltsgeschenke.

Ich antworte etwas beleidigt: „Ich bin eine Weihnachtsgeschichte" und dabei recke ich die vier Ecken von meinem DIN-A4-Blatt in alle Richtungen, damit ich größer wirke.

„Ach du Schande! Bloß etwas Hingeschriebenes!" „So etwas ist doch kein richtiges Geschenk."

„Wir haben alle Kartenanhänger mit 'Frohe Weihnachten' und sind mit glänzendem Papier umwickelt. Du bist doch eine Beigabe."

„Geschichten sind eben Geschichten und keine Geschenke."

„Wenn du eine Kette wärst, so wie ich oder wenigstens ein gekauftes Buch. Du hast doch bestimmt nichts gekostet, oder?" Will das Oberhemd wissen. Ich bin ein ganz teures

Markenhemd, aus Leinen. Über mich freut man sich bestimmt.

Ich schäme mich ein wenig, weil ich ja wirklich klein bin. Ich hoffe nur, mein Papier färbt sich nicht rot vor lauter Scham.

Unscheinbar liege ich unter den großen Paketen und werd jetzt richtig, richtig sauer und laut: „Ich bin eine Weihnachtsgeschichte, und zwar eine schöne! Selbst geschrieben von Jemandem der wenig Geld hat, dennoch etwas schenken wollte.

Hier wurden sich Gedanken gemacht und jemandem ist etwas anderes eingefallen, als ins Geschäft zu gehen und seine Brieftasche zu zücken."

So, jetzt habe ich es dem blöden Parfüm, der Kette und den Allerweltsgeschenken aber mal gesagt. Das war eine heftige Ansage.

„Und du, du dickes Paket mit dem Sektkühler, rutsch gefälligst mal ein Stück, du verknubbelst mir nämlich das Papier, machst mir hässliche Eselsohren und einen kreisrunden fetten Rand auf meinen grünen Untergrund!" Musste ich mir nochmals vor der Bescherung Luft machen. Ab sofort war Ruhe unter dem Baum.

Weihnachtsmusik spielt und die Bescherung der großen Familie wird mit einem Glöckchen eingeleitet. Jeder bekommt ein Geschenk. „Oh danke, für das teure Parfum", - „Die Küchenmaschine habe ich mir schon lange gewünscht."

- „Kann man die Krawatte auch umtauschen?"

„Lass uns mal in meine neue CD reinhören",

und so weiter und so weiter. Trubel, Musik, Papier Rascheln. „Ah, oh und oh nein" wird gemurmelt. Motorengeräusche vom Rasierer. Rummm, iöööiöö rasiert er einen bereits glatten Bart. „Zeig mal, kann man damit auch die Beine rasieren" möchte eine junge Frau ihn auch lachend probieren. Die neue Küchenmaschine rührt und rührt in der Küche. Auch die Knethaken werden eingesetzt. Das Pusten des angestellten Haarföhns vermischt mit fröhlichem Lachen.

Ich liege immer noch unbeachtet unter dem Baum, ganz alleine und unbemerkt, werde noch flacher, falls das überhaupt möglich ist. Vielleicht sieht mich ja auch keiner und ich kann mich unter den Bergen von Geschenkpapier verstecken. Dann lande ich mit den Resten der Verpackungen im Altpapier – hoffe ich – wünsche es mir aber nicht wirklich.

Mein Versuch, unter das nächstliegende Geschenkpapier zu gelangen scheiterte. Ich liege wo ich liege und schäme mich so sehr.

Geschichten können nun einmal nicht laufen.

Aber sie können schweben, weil jetzt eine hübsche junge Frau ihren neuen Föhn auf höchster Stufe ausprobiert.

Huch! Der bläst aber stark, ganz warme Luft kommt aus seiner blanken Röhre. Er pustet so heftig, dass nicht nur die langen Haare fliegen. Der Luftstrom erfasst mich und ich werde in die Mitte des Zimmers geweht.

„Da ist ja noch etwas." Da steht drauf: „Frohe Weihnachten für dich."

Eine schmale Hand hebt mich auf.
Wer „dich" ist weiß die Person sehr genau.
Sie hatte die Handschrift erkannt.
„Zeig doch mal her, das ist glaube ich für mich."

Ich lande in den Händen des Empfängers, der vorsichtig das Bändchen löst.

„Hört doch bitte einmal zu, ich möchte euch etwas vorlesen", sagt der Beschenkte. Es dauert etwas, bevor es ruhig wird im Zimmer und der CD-Player leise gestellt wird.

Irgendwie sind alle jetzt doch ein bisschen neugierig geworden.
Ich werde auseinandergefaltet und vorgetragen. Manchmal zittert die leise dunkle Stimme, die vorliest – ganz kurz nur – dass man es kaum bemerkt. An der Stelle, wo am Ende der Geschichte steht: „Frohe

Weihnachten allen, die heute da sind", wird die Stimme ein wenig rau.

Es ist sehr still geworden. Weihnachten ist nun in den Herzen angekommen.

Es wird bemerkt, das Jemand fehlt.

Die Handschrift war erkannt, der Name genannt. Nicht eingeladen und doch anwesend, in der Gewissheit, ein Geschenk gemacht zu haben.

Auch, wenn kein Schnee gefallen ist in diesem Jahr und der Advent so hektisch war. Alle haben einen kurzen Moment zugehört, ihnen ist jetzt weihnachtlich zumute – warme Gefühle sind zu spüren. Ich wollte ihnen Weihnachten bringen.

Jawohl. Ich bin auch ein Geschenk! Auch wenn ich nichts gekostet habe, auch wenn ich nur eine „kleine Geschichte" bin.


Lest mich oder lest mich laut vor. Ich freue mich darüber, wenn ich Weihnachten verbreiten darf.

# Weihnachts-Sterne

# für Debbi und Lilli

Wenn man in der kalten Winternacht nach oben in den Himmel schaut, sieht man den Mond, der hell und freundlich leuchtet. Man sieht den Polarstern und viele, viele andere Planeten.

Und wenn man noch genauer hinsieht – ganz genau – (man muss die Augen ein bisschen zusammenkneifen und sich sehr stark konzentrieren) erkennt man noch Millionen anderer kleiner Sterne. Sie sind so winzig, dass man sie sonst kaum bemerkt. Jedes dieser Blinkis steht für ein Kind auf der Erde. Die Sternchen wohnen im Andromedanebel und haben die gleichen Namen wie die Kinder. Sie heißen Jamie, Michaela, Melina, Boris, Dominik, Debbi und Lilli.


In ihren Himmelswohnungen, in denen sie leben, schlafen sie in winzigen Kuschelbettchen unter flauschigen Nebeldecken. Glitzernde weiße Schnee-Vorhänge zieren die Fenster, und die Schlafzimmer sind mit Eisflocken tapeziert. In dem Regenbogenbadezimmer gibt es eine Tautropfen-Wanne und das Licht des Mondes scheint immerzu zum Fenster herein.

In einer klitzekleinen Nebelküche steht ein Eiszapfen-Kühlschrank, ein Sonnenstrahlen-Herd, ein gemütlicher Tisch auf dem immer ein Eisblumenstrauß und eine Schale mit Zuckerwatte steht. Auch zwei Sessel aus Schäfchen-Wolle sind da, falls die Sternchen sich mal besuchen.

Sie kochen in goldenen Töpfchen und meistens essen sie? - Genau: Sternchen-Nudelsuppe.

Diese Sternchen haben den Auftrag, über ihre Kinder auf der Erde zu wachen. Wenn man sie tagsüber nicht sieht dann nur, weil die Sonne sehr viel heller scheint. Einmal im Jahr dürfen die blinkenden Lichter auf die Erde und ihre Kinder besuchen. In der heiligen Nacht schweben sie zur Erde, schauen durch die Kinderzimmerfenster, leuchten noch heller als sonst und wärmen die kleinen Frechdachse mit ihren hellen Strahlen.

Es ist der 24. Dezember und die Sternchen machen sich fertig für ihre lange Reise. Sie putzen sich blitzblank.

Der Stern vom Boris war schon fast schwarz. Er hat tagelang scheuern müssen. Hier ein dicker schwarzer Fleck, da eine Macke.

Woher das wohl kam?

Oder der Stern von Dominik hatte im Laufe des Jahres viele bunte Flecken bekommen. Jamie und Michaelas Sterne hatten nicht ganz so viel zu tun, denn sie sind gute Freundinnen von Debbi und Lilli, und mussten nur hier ein bisschen wischen, da ein bisschen weg Pusten.

Die Sternchen von Debbi und Lilli haben sich schon seit Tagen erst mit Sternensand blank gescheuert und dann mit Wolkenwatte poliert. Sie strahlen, glänzen und blinken wie Diamanten. Da waren auch ein paar kleine Flecken, die waren aber nicht der Rede wert.

Alle Sternchen versammeln sich am Heiligen Abend auf der Startwolke, die ein bisschen so aussieht wie eine Sprungschanze beim Skifliegen. Sie stellen sich auf und werden mit einem riesigen Windstoß ins Weltall gepustet. Pust…Pust! Fuuuuuhh! Fuhhhhh!

Sie wirbeln durcheinander, fallen übereinander, rumpeln und schubsen.

„Menno… Ist das eng!" wird genörgelt. „Hey, du hast mich mit deinem spitzen Zacken gepiekst", klagt Jamies Sternchen, als Boris an ihr vorbeischrammt.

„Geh zur Seite, jetzt komm ich", ruft der Stern der wilden Melina.

So toben die Blinkis durch das Weltall, vorbei an Planten und Sternen, an der Sonne und dem Mond in Richtung blauer Planet, und sinken langsam und leise zur Erde. Sie besuchen ihre Kinder in Afrika, Amerika, Asien, Australien und Europa. Das nennt man Sternen Regen.

Die Sterne von Debbi und Lilli wollen in die Buntebachstraße nach Hagen und müssen noch ein bisschen suchen. Hagen ist groß. Zwischendurch mussten sie einmal kurz den Mond über Handy anrufen und noch kurz nach dem Weg fragen, denn fast hätten sie sich verflogen.

Sie erreichen das Haus in der Buntebachstraße setzen sich leise, leise auf die Fensterbank vor dem Zimmer der beiden Mädchen.

Als sie durch das Kinderzimmerfenster von Debbi und Lilli schauen, unterhalten sie sich:
„Guck mal wie hübsch meine Debbi ist",

„schau wie schöne blonde Locken meine Lilli hat. Sieh nur wie lieb sie da liegen und schlafen."

Ja, das vergangene Jahr war sehr aufregend für Debbi und Lilli. Sie haben einen neuen Super-Papa, einen tollen Onkel der gut kochen kann und eine neue Omi bekommen. Eine ganz liebe hübsche Mama, einen tollen Opa sowie nette Tanten und Onkel hatten sie ja schon. Aber jetzt sind sie komplett. Ja sie sehen sehr glücklich und zufrieden aus. Debbi und Lilli wollten noch wach bleiben, haben hier noch bisschen gequatscht und da noch bisschen erzählt. Mit den neuen Geschenken wurde gespielt und krampfhaft versuchten sie die Augen aufzuhalten, damit sie die Sternchen einmal sehen können – aber sie schliefen dann doch ein.

Warum? Fragt ihr euch?

Die Sternchen verstreuen bevor sie die Zimmer betreten Schlafstaub und Traumpulver. Nie hat sie jemand zu Gesicht bekommen.

Die Schnuppen huschen unbemerkt ins Kinderzimmerzimmer, wenn die Kleinen am Heiligen Abend nach der Bescherung schlafen gehen und mit aufgeregten roten Backen von ihren Geschenken und vom Christkind träumen. Die goldenen Sternchen streicheln ihre Schützlinge mit ihren warmen Strahlen und haben den Kindern auch ein Geschenk mitgebracht.

Sie schenken ihnen großen Mut, saubere Ehrlichkeit, silbernen Fleiß, helle Fröhlichkeit, und ganz viel goldenes Glück. Soviel, dass es mindestens ein Jahr lang reicht.

Sie legen es in ihre kleinen Herzen.
Um Mitternacht müssen die goldenen Schnuppen wieder in den Himmel, an ihren Platz zurückkehren.
Von dort aus werden sie das ganze nächste Jahr darüber wachen, das es Debbi und Lilli gut geht, das sie viel Freude haben, ehrlich bleiben und sich gegen freche Kinder durchsetzen können. Sie freuen sich schon auf das nächste Weihnachtsfest, wenn sie wieder zur Erde dürfen.

Ich verrate euch jetzt ein großes Geheimnis –
aber nicht weitersagen:
Manchmal, wenn ihr ganz traurig und
verzweifelt seid und die Tränen kullern,
könnt ihr sie sehen eure Sternchen.

Ihr müsst die Augen ganz weit zu großen
Kulleraugen aufreißen, dabei die Nase ein
bisschen kraus ziehen. Versucht die
Mundwinkel nach oben zu biegen, als wenn
ihr lächelt. Dann grinst ihr so lange wie es
geht. Noch ein bisschen durch die Tränen
blinzelt und in Richtung Mond schauen.
Ungefähr 2 Kilometer links vom Mond seht
ihr eine Wolke, aus der es blinkt. Erzählt den
Sternchen eure Sorgen und eure Not. Eure
Glücksbringer werden euch dann strahlend
zuzwinkern:
Nicht traurig sein – blink, blink - alles wird
gut –blink, blink.

Die Kindersterne verabschieden sich von
Debbi und Lilli, denn es wird Zeit. Sie geben
ihnen noch einen warmen zärtlichen
Sternchenkuss auf die Stirn – dann huschen
sie durchs Fenster hinaus in die kalte Nacht.

Sie winken und winken, bis sie nicht mehr zu sehen sind.

Ach übrigens, wenn man am Weihnachts-Morgen nach der heiligen Nacht, ganz genau in den Spiegel schaut, (man muss nah ran gehen, ganz nah),

sieht man noch ein bisschen von dem goldenen Sternenstaub auf der Stirn, der von dem Kuss zurückgeblieben ist.

Es ist nur ein winzig kleiner Punkt,
er juckt und kitzelt ein bisschen,
aber man kann sich ruhig waschen,
er geht nicht weg!

Frohe Weihnachten, blink – blink!

# Hexenbesen
# und Engelsflügel

Huhu!Huhu!Huhu!

Das ist die Gespenstersprache.

Huhu heißt, ich will dich erschrecken.

Huhuhuuuu - ich bin ein Gespenst und mach'
dir jetzt Angst. Ich habe rot glühende Augen
und spuke um Mitternacht in alten Gemäuern
und in Kinderzimmern.

Du glaubst es nicht?

Bist du nicht schon einmal nachts wach
geworden und hast komische Geräusche
gehört? Knacken und Knistern - ganz leise,
ganz unheimlich?

Hast du nicht schon aus dem Fenster geschaut
und Fußspuren im Schnee gesehen, die
komisch aussahen? Bist du nicht schon
aufgewacht und hast gedacht jemand ist in
deinem Zimmer? Meinst du nicht, wenn du
deine Füße und Zehen nicht unter der
Bettdecke versteckst, zieht dich gleich jemand
mit kalten Fingern an den Beinen? Lässt du
nicht manchmal nachts heimlich das Licht an,
damit du besser schlafen kannst?

Ich glaube, es gibt Gespenster.

Die „Schlechte-Gewissen Gespenster"

die „ich hab' morgen Angst vor der Schule
Gespenster,"

die „hoffentlich hat man mich lieb Gespenster" die „hab ich was falsch gemacht Gespenster."

Dann gibt es noch die Einsamkeitsgespenster und die Dunkelheitsgespenster. Jeder hat seine eigenen Gespenster. Wer kennt sie nicht! Alle Menschen kennen sie. Auch die Erwachsenen. Alle fürchten sie. Aber ist das wirklich so?

Sind es wirklich Gespenster?

Im Jahr 2020 erhielt das Christkind einen sehr sonderbaren Weihnachtsbrief von einem kleinen Mädchen, das Eva hieß. Eva schrieb:

*Liebes Christkind,*
*ich habe einen besonders komischen Weihnachtswunsch und ich weiß nicht, ob du ihn mir erfüllen kannst. In meinem Kinderzimmer wohnt ein Gespenst. Es denkt, ich bemerke es nicht und versteckt sich. Lieb und nett hilft es mir bei den Schularbeiten, indem es mich auf die richtigen Ergebnisse bei Mathe aufmerksam macht. Täglich weht es den Staub auf Schränken und Kommoden weg, turnt zwischen meinen Büchern herum. Wenn ich ein Buch aufgeschlagen liegen lasse, verblättert es mir die Seiten mit einem kleinen Windstoß. Es spukt auch manchmal - aber nur ein bisschen - und ist gar nicht laut. Dann weint es. Ich glaube, das kleine Gespenst ist ganz unglücklich. Könntest du ihm nicht auch ein Geschenk machen? Vielleicht ein spannendes Vampir-Buch oder eine kleine Rasselkette mit einer Kugel dran? Damit es dann mal richtig laut spuken kann? Mir würde es keine Angst machen.*

Glaubt mir, das Christkind war sehr verwundert über diese Bitte, und dachte sich, die Sache muss ich mir einmal näher ansehen. Es flog noch am selben Abend zur Erde und besuchte das Haus der kleinen Eva. Im Zimmer war es dunkel und still.
Halt! Ganz so ganz still war es nun doch nicht. Rascheln und Stöhnen war zu hören.

Das Christkind betrat das Zimmer und alles wurde in ein wunderschönes warmes Licht getaucht. Jetzt war es zu sehen das kleine Gespenst, es lugte ängstlich unter dem Schrank hervor.

„Hallo Gespenst", flüsterte das Christkind, „was machst du denn da?"

Das kleine Nebelwesen erschrak. „Ich kann nicht schlafen. Ich spuke auch ganz leise. Ich wollte mir nur ein Buch zum Lesen suchen. Ein Buch mit Bildern und schönen Geschichten. Bisher habe ich nur ein Mathe-Buch gefunden."
„Sag mal  wie heißt du und warum spukst du hier herum?", fragte das Christkind.

„Ach", fing das kleine Gespenst an zu weinen.
„Ich heiße Stella und ich sollte ja ursprünglich
ein Schutzengel werden. Das habe ich
gelernt."
Über den Menschen schwebend kann ich.
Behüten und beschützen war mein
Lieblingsfach.
Einen Erste Hilfe Kurs habe ich auch.
„Und warum bist du jetzt ein Gespenst?",
wundert sich das Christkind.
Ja, liebes Christkind, das war so - und Stella
erzählt:

Ich ging in die Schutzengel-Schule oben auf
dem Mondberg, war fleißig und habe gut
gelernt.

Nur ich habe soooo gerne Krimis und
Geistergeschichten gelesen. Weil es mir davon
so schön gegruselt hat. Heimlich bin ich auf
den Sternschnuppen geritten. Und Gewitter-
Wolken waren mein Lieblingsspielplatz,
wenn es richtig doll geblitzt und gedonnert
hat. Bei Sturm flog ich heimlich mit dem
Wind und er hat mich lachend
herumgewirbelt.

Aber das war alles strengstens verboten.

Zusätzlich habe ich mich verbotenerweise mit der kleinen Hexe Minza getroffen.

Sie ist auf ihrem Besen gestiegen und wir sind um die Wette geflogen. So einen tollen Mountainbike-Besen, mit 24 Gängen - natürlich Shimano-Schaltung wollte ich auch haben. Irgendwann hab ich Minza dann gefragt:

„Darf ich auch einmal mit deinem Besen fliegen?

„Nein", entsetzt sah Minza mich an, „den darf ich nicht verleihen, dann krieg ich Ärger mit der Oberhexe."

„Ach bitte, nur einmal", bettelte ich sie.

„Na gut, dann gibst du mir aber deine Flügel und bekommst meinen Besen. Ich möchte sehen, ob mir Flügel stehen."

„Sei bloß vorsichtig, der Besen geht ab wie eine Rakete."

Gesagt, getan, getauscht.

Da es aber nun mal so ist, dass kleine Hexen nicht unbedingt mit Engelsflügeln und kleine Engel nicht mit Hexenbesen fliegen sollten, gab es ein fürchterliches Chaos.

Nachdem ich mich auf den Besen gesetzt hatte, raste er los. Er raste und raste iiiiium, iiiiium, hoch in den Himmel in Richtung Milchstraße. Ich konnte ihn nicht mehr lenken und auch nicht mehr anhalten. Irgendwann sprang ich dann vor lauter Angst ab und landet glücklicherweise in einer weichen Wolke.

Zerschunden und mit kaputtem Engelsgewand kam ich auf dem Mondberg an - ohne Flügel. Der Himmelspförtner hatte mich schon vermisst. Die Mittagspause war lange um und es wurde schon dunkel. Oje, das war heftig. Meine Flügel weg, mein Gewand zerlöchert und meine Schuhe kaputt. Oh die schönen Schuhe. Die waren doch so elegant. Ich hatte mich wahrhaftig nicht wie ein Engel benommen.

Der Direktor hielt mir eine Standpauke und verwies mich von der Engel-Schule. Er donnerte: „Ein Schutzengel meine liebe Stella, der selbst so wild und unachtsam ist, noch dazu ohne Flügel - nein das geht auf gar keinen Fall!"

Ein Lunchpaket, ein Paar plumpe feste Schuhe, und eine gefüllte Flasche mit Regentropfen gab man mir mit auf dem Weg. Ich war traurig. Die Engels-Schühchen die so schick waren, das Bettchen in meiner Wolke, alles weg.

Mit wirren Gedanken im Kopf wanderte ich umher und weinte. Ich fühlte mich verloren und ausgestoßen.

Das war ja alles schon ganz schlimm, doch am schlimmsten war, dass ich den schönen Besen von meiner kleinen Hexenfreundin Minza im Weltall verloren hatte. Nie wieder konnte ich zu ihr fliegen. Nie wieder mit ihr spielen.

Wo sollte ich jetzt noch hin? Ich irrte durch den Himmel und kam in die Welt der Gespenster. Sie wohnen zwischen Jetzt und Gleich im Niemandsland und sind eigentlich ganz nett. Sie spielen sich immer nur so auf und ziehen sich komisch an. Und einen Nachteil haben sie: Sie haben keine Füße. Also gibt es dort auch keine Schuhe. Dort durfte ich bleiben - die Gespenster nannten mich Huhu und haben mir das Spuken beigebracht. In einer Halloween-Nacht habe ich meine Prüfung mit „Ausreichend" bestanden.

Als ich mit der Ausbildung fertig war, schickten sie mich auf die Erde um in Schlössern und Burgen Krach und Bambule zu machen. Da ich ein Gespenst mit Schutzengel-Ausbildung bin, spuke ich jedoch nur sehr leise und bin in den Schlössern nicht zu hören." Ausreichend eben. Glatte 4.

Das Christkind wurde nachdenklich, strich dem kleinen Gespenst über das verweinte Gesicht und tröstete es.

„Ja, du kleine Huhu oder Stella, so heißt du ja richtig. Das war ja schon ganz schön gefährlich, was du erlebt hast. Aber du bist sicher ein guter Schutz - äh, Entschuldigung, ein gutes Gespenst - geworden. Ich wünsch' dir alles Gute, eine schöne Adventszeit und ein fröhliches Weihnachtsfest."
Damit verabschiedete sich das Christkind von Stella bzw. Huhu dem kleinen Gespenst.

Am Heiligen Abend, als alle bei der Bescherung waren, saß das kleine Engelsgespenst am Fenster und war traurig.

„Hätte ich doch bloß nicht…
und warum hab' ich denn nur
und ach - meine schönen goldenen Schuhe"
bereute es den Unfug, den es angestellt hatte.

Wusch, krach, peng! Sauste ein Karton vom Himmel und landetet vor dem Fenster.

Als das kleine Gespenst nachsehen ging, fand es einen langen Karton. Bausatz für Hexenbesen war die Aufschrift. Stella bzw. Huhu wusste natürlich was sie damit tun sollte, machte sich sofort an die Arbeit und baute und schraubte die halbe Nacht.

Und taddaaaaaa, der Hexenbesen war fertig.

Dann stieg sie - zwar mit einem flauen Gefühl im Bauch - auf den flotten Besen  und flog Richtung Hexenwald.

Immer nach Osten, Richtung Blocksberg, weil Minza ihr einmal erzählt hatte, das die Hexen am Fuße des Brockens hausen. Dort war es verschneit und bis auf rote leuchtende Fliegenpilze alles weiß.

Wo sollte sie nur suchen? Sie flog vorsichtig kreuz und quer durch die Bäume, manchmal etwas zu tief, sodass der Besen den Schnee wegfegte.

Darunter wurden verschlafene Kräuter wach, die sich im grellen Licht die Augen rieben.

„Wo willst du hin?", raunten sie ihr zu.

„Ich suche Minza, die kleine Hexe. Könnt ihr mir helfen?" fragte sie die verschlafenen Kräuter.

*„Tiefer in den Wald hinein, tiefer in den Wald hinein, da wird die kleine Hexe sein",*
raunten die verschlafenen Waldkräuter.
*„Doch deck uns bitte wieder zu,*
*sonst finden wir hier keine Ruh."*
Huhu drehte eine tiefe Runde im Sturzflug und fegte den Schnee wieder über die offen gelegten Stellen.
„Danke, und schlaft schön weiter liebe Heilkräuter," so verabschiedete sie sich und flog tiefer in die Dunkelheit. Sie erreichte die schwärzeste Stelle im Wald erst spät in der Nacht.

Sie rief „Minza, wo bist du? Minza, kleine Hexe, haaaaalooooo!"

An einem kleinen Knusperhäuschen an der dunkelsten Stelle des Waldes, die kein Lichtstrahl mehr erreicht, öffnete sich knarrend eine aus Balken und alten Brettern zusammen gezimmerte Tür. Heraus trat eine recht sonderbare Gestalt.

Eine kleine zerzauste Person mit einem Flicken-Kleid, roten strubbeligen Haaren in denen kleine dünne Äste als Haarspangen steckten, einem Frosch auf der Schulter und ja, ihr werdet es nicht glauben - mit goldenen Engelsflügeln.

Sie blickte in die Richtung aus der sie die Stimme gehört hatte, und bekam riesengroße Kulleraugen.

„Ein Gespenst auf einem Besen? Das ist ja fast noch schlimmer als eine Hexe mit Engelsflügeln", dachte die kleine Minza und blickte kurz über die Schultern wo die Flügelchen blinkten.

Rasant hielt der Besen mit seiner Reiterin vor dem Hexenhäuschen an und hinterließ eine lange Bremsspur im Schnee.

Stella/Huhu sprang ab und schwebte los.

„Hallo Minza ich bin's!"

- ja jetzt erkannte die kleine Hexe wer es wirklich war. Stella, der kleine wilde Schutzengel, den sie nach dem Unglückstag nie wieder gesehen hatte. Die beiden fielen sich in die Arme und erzählten, wie es ihnen ergangen war. Das von Stella dem Schutzengel wissen wir ja schon, aber auch der kleinen Hexe Minza ist es damals schlecht ergangen.

Sie war mit den Engelsflügeln umher getrudelt, flatternd wie ein Huhn. Ganz unmöglich für den Hexenwald. Fliegen konnte sie damit nicht, es sah so aus, als wenn ein Hubschrauber sich immer um die eigene Achse dreht und abzustürzen drohte. Überall prallte sie gegen.

Einmal musste sie auf dem Schornstein der Oberhexe notlanden und hat sich dabei ihren Po verbrannt.

Die Flügel gingen nicht mehr ab. Kein Reißen kein Zerren halfen. Sie waren fest angewachsen.

Das Gelächter und den Spott der anderen Hexen könnt ihr euch vorstellen.

„Naaaa du komische Gestalt, goldene Engel-Flügel hast zu ja schon, vielleicht wachsen dir ja auch noch Teufelshörnchen." Musste sie sich von den anderen Hexen anhören. In der Hexenschule war sie nicht mehr willkommen. Manchmal verzauberten die frechen Hexen ihre Flügel auch in Schmetterlingsflügel oder Adlerfedern. Dann schaffte es Minza gar nicht mehr von der Stelle. Nur noch laufen. Sie machten sich einen Spaß daraus, Minza zu triezen.

Das Hexenmädchen musste tief in den Wald verschwinden. Dort war es sehr dunkel. Die Kronen der Bäume ließen kein Licht hindurch. Doch es gab Tiere, Käfer, Spinnen und Wichtel die dort auch zu Hause waren. Sie war eine kleine Kräuterhexe geworden, lernte von den Waldgeistern wie schön es auch dort sein konnte. Sie sammelte Pilze für die Suppe, Reisig für ihre Feuerstelle, über die sie einen kleinen Topf zum Kochen gehängt hatte.

In den Fröschen fand sie neue Freunde. Einen mochte sie besonders. Sie nannte ihn Grünkern und er saß häufig auf ihrer Schulter.

An seine Quaksprache musste sie sich erst gewöhnen.

Guten – quak - Morgen. Ich, quak, freue mich quak, dass du quak für mich quak da bist.

So in etwa klang die Froschsprache.

Grünes Pfefferminz-Eis mit Blaubeeren war ihre Spezialität. Das kam auch zu Weihnachten auf den Tisch. Es wurde für Minza und Stella ein schöner Weihnachtsabend. Sie lachten mit Grünkern dem Frosch, der quakige Weihnachten wünschte, als er die Fliegensuppe mit seiner flinken Zunge auf schleckte.

Verschneite Weihnachtsbäume mit Tannenzapfen standen rund um die kleine Hütte. Und durch eine kleine Lücke in den Baumkronen leuchtete der Weihnachtsstern als heller Strahl in den Wald direkt auf das kleine Hexenhaus. Hasenfamilien und Rehe besuchten die kleine Hütte, deren Tür offen stand.

Minza hatte Tannenzapfen und Gras im Herbst und Sommer gesammelt. Das schenkte sie den Tieren. Die Waldtiere hatten auch etwas dabei. Zuneigung, Liebe und Vertrauen waren ihre Geschenke.

Stella hatte ihre Flügel und ihre Füße wieder und flog ganz gesittet und langsam - so wie es sich für einen richtigen Schutzengel gehört, erst einmal in ein Schuhgeschäft und kaufte sich warme Stiefel, natürlich in Gold.

Minza ritt über den Hexenwald mit ihrem schönen neuen Besen - 24 Gang, Shimano-Schaltung und streckte den anderen verwunderten Hexen die Zunge raus.

„Bär, bääääää. Ihr mit euren Holland-Besen und 3-Gang Sportfliegern" rauschte sie in gefährlichen Purzelbäumen über die Hexensiedlung.

„Ich bin wieder da." Dabei warf sie kleine Päckchen in die Nähe der Häuser der anderen Hexen. Da waren kandierte Fliegenpilze und Ingwer-Wurzeln eingepackt. Fröhliche Weihnachten stand darauf. Richtig böse auf die anderen Hexen war sie dann doch nicht. Die Oberhexe trat aus ihrem großen Steinhaus und rief Minza zu: „jetzt darfst du wieder zurückkehren." Minza war schon auf dem Heimweg und drehte sich noch einmal kurz um: „danke, aber ich bin da glücklich wo ich jetzt bin.

Ich komme euch in der Walpurgisnacht besuchen. Dann fliegen wir gemeinsam oben auf Blocksberg und tanzen um das Feuer. Da freue ich mich schon drauf. Fröhliche Weihnachten euch allen," und verschwand ganz tief im Wald.

Na was glaubt ihr, wohin ist Stella denn wohl geflogen nachdem sie sich neue Schuhe gekauft hatte? Zurück in den Himmel?

Nein, Stella mit Nachnamen Huhu, flog schnurstracks zu ihrem kleinen Mädchen Eva, betrat das Zimmer, und tat das, was sie jeden Abend macht. Sie deckte die kleine Eva zu, streichelte ihr über die Haare und sang ihr ein Gute-Nacht-Lied - das klang dann nicht mehr

„HUHUHUU"

sondern eher so wie

"Guten Abend gute Nacht".

Sie betrachtete ihr Flügel und sah sich glücklich im Zimmer um. Endlich wieder Schutzengel. Endlich wieder Schuhe.

Aber halt, was lag den da in der Ecke neben dem Kleiderschrank? Ein kleiner Brief und zwei Geschenke.

Stella öffnete den Brief und las:

*Hallo, liebes Gespenst. Damit du nicht mehr so traurig bist und ab und zu richtig spuken kannst. Frohe Weihnachten, deine Eva.*

Überrascht öffnete Stella die Geschenke und lachte. Sie hatte ein Vampir-Buch und eine schöne laute Rasselkette bekommen. Was zum Gruseln und was zum Spuken. Ob sie wohl noch ab und zu ein bisschen spukt?

Ja, aber wenn, dann nur ganz leise - und als Schutzengel mit goldenen Flügeln und goldenen Schühchen, die auf ihre kleine Eva achtet.

Im Himmel freute sich das Christkind. Alles war wieder so, wie es sein sollte.

# Versponnene

# Weihnachten.

Einen Abend vor Weihnachten.

„Mami! Mami, dieses Jahr Weihnachten möchten wir auch einen Weihnachtsbaum", rufen die Spinnenkinder alle durcheinander. Es sind zwanzig an der Zahl und schlimmer als eine Herde Flöhe zu hüten.

„Aber Kinder, wie sollen wir in unserem Spinnennetz denn einen Weihnachtsbaum aufstellen? Unser ganzes Netz geht doch entzwei!" Versucht die Spinnenmama zu erklären.

Die Spinnenmutter hat alle acht Beine voll zu tun. Sie wohnt mit ihren Kindern in einem Netz in einer dunklen Ecke in der Speisekammer auf einem Bauernhof. Ständig zerreißen die kleinen Spinnen das Wohnzimmer, im Schlafzimmer fehlen auch schon wieder ein paar Fäden, und in der Küche hängen jede Menge Fliegen und Mücken. Immer muss die arme Mutter spinnen und spinnen, damit das zarte Gewebe in Ordnung bleibt.

„Bitte Mami, nur einen klitze-klitze-kleinen Tannenbaum. Oder vielleicht nur einen Zweig, ja? Wir machen den Schmuck auch selber!" Alle anderen Kinder haben

Tannenbäume. Sogar die Mäuse haben einen Zweig unter dem Stroh im Stall mit Käse und Speck geschmückt. Und die Asseln haben sich einen Zweig aus dem Garten geholt. Nur wir nicht! Wir sind auch gaaaaanz lieb!" Alle rufen durcheinander.

„Nein Kinder, das geht wirklich nicht, dafür ist unsere Wohnung nicht geeignet" verneint die Spinnenmutter energisch, weil sie weiß wie sehr sich die Kleinen den Baum wünschen.

Dicke Tränen kullern über die Gesichter der Spinnenkinder, als sie in ihren Spinnweben-Bettchen liegen. Kein Weihnachtsbaum! Wieder kein Weihnachtsbaum! Wie jedes Jahr.

Am nächsten Morgen ist die Spinnenmutter verschwunden. Helle Aufregung bei den Kindern. Sie war noch nie so lange weg!

Wo ist sie denn?

Hat sie vielleicht der Bauer mit der Klatsche erwischt? Oder besorgt sie nur etwas zu Essen? Vielleicht ist sie bei der Spinnen-Nachbarin Fäden ausleihen.

Die Kinder warten und warten. Die Zeit wird lang und es wird schon ganz dunkel.

Ängstlich drängen sie sich auf einem Faden aneinander und wimmern: „die Mama soll wiederkommen. Wir wollen unsere Mama wiederhaben!" Als die Angst fast schon unerträglich ist, kommt die Spinnenmama heim. Sie krabbelt langsam und müde den Aufgangs-Faden herauf und ist sehr erschöpft.

„Wo warst du? Was hast du gemacht?" Es geht drunter und drüber und alle sind froh, dass die Mutter wieder da ist.

„Ruhig, Kinder, ganz ruhig. Es ist nichts passiert. Wenn ihr jetzt lieb seid, könnt ihr mitkommen, dann zeige ich euch etwas. Die kleinen Spinnen sind neugierig und die Angst um ihre Mama ist schon fast wieder vergessen. „Was denn? Was denn? Wo gehen wir denn hin?"

„Leise Kinder, folgt mir. Passt auf, dass ihr nicht zertreten werdet,"

warnt die Mutter.

Die alte Spinne weiß wie gefährlich es ist, was sie jetzt tut. In Reih und Glied krabbeln die Spinnenkinder hinter ihrer Mama her.

So folgsam waren sie noch nie. Unter der Tür der Speisekammer hindurch, husch, husch, - durch die Diele mit den kalten Fliesen, über den dicken Teppich ins Wohnzimmer, wo in der Ecke ein großer geschmückter Tannenbaum steht. Riesengroß und riesengrün und oben in dem Tannenbaum - ganz oben mitten drin, hängt ein wunderschönes Spinnennetz. Das hatte die Spinnenmama in der Nacht gewebt.

„So Kinder, das ist meine Überraschung. Wir können nur hoffen, dass es niemand bemerkt."

„Toll Mama, ganz toll, ein Spinnennetz im Weihnachtsbaum. Kommt, lasst uns schnell hinein krabbeln."

Die kleinen Spinnen sind außer Rand und Band und ganz verzückt.

Den Stamm hoch. Zwischen Nadelästen, Christbaumkugeln und Lametta schwärmten die Spinnenkinder nach oben in die Tannenspitze in das kleine Weihnachts-Spinnennetz. Ganz lieb setzten sie sich auf die aus Tannennadeln geflochtenen Stühle.

„Sooo schöne Weihnachten haben wir noch nie gehabt! Wir haben einen Weihnachtsaum, wir haben endlich auch einen Weihnachtsbaum".

Oh Tannenbaum singen sie und hüpfen mit ihren acht Beinchen im Tanz.

Es riecht gut in der Tanne und die Spinnenfamilie feiert Weihnachten. Es gibt heute Fliege mit Mückenbeinen. Munteres Gekrabbel im obersten Teil der Tanne.
So ganz wohl ist der alten Spinne bei dieser Bescherung nicht aber sie hofft, dass alles gut geht.

Die Bauern-Familie kommt zur Bescherung ins Wohnzimmer. Sie singen, herzen und drücken sich, wünschen sich „Frohe Weihnachten" und packen ihre Geschenke aus. Nur der kleine Knirps steht vor dem geschmückten Baum und kräht
„da, da Stern!"
Er zeigt noch einmal mit seinem kleinen Finger nach oben in den Baum. „Da! Stern!"
Die Spinnenkinder und ihre Mutter sind vor Schreck ganz starr. Alle Spinnchen hängen an den acht Beinen ihrer Mutter. Das silberne

Netz bewegt sich zwischen den Ästen hin und her.

„Jetzt hat man uns entdeckt. Auf gar keinen Fall bewegen!"

Raunt die Spinnenmama leise und denkt angstvoll: „Nur jetzt keine Fliegenklatsche oder den Hausschuh, wenn uns bloß niemand sieht."

Doch alle haben es bemerkt – das wunderschöne Spinnennetz, das im Licht der Kerzen schöner strahlt als alle anderen Weihnachtssterne und Kugel an diesem Baum.

Der Bauer, der den Baum geschmückt hat, staunt nicht schlecht: „Gestern war das aber noch nicht da!", und zeigt dabei auf das Netz. „Da war über Nacht jemand sehr fleißig. Ob uns das Christkind das geschenkt hat?"

Er geht langsam auf den Baum zu, hebt die derbe Hand – und zupft ein bisschen Lametta gerade, fängt eine Fliege, die ihn schon den ganzen Tag geärgert hatte, und wirft sie in das Spinnennetz.

Dabei sieht er verstohlen hoch und flüstert mit rauer Stimme:

„Danke Frau Spinne, für diesen zauberhaften Weihnachtsschmuck."

# Whoopys erste Weihnachten

(Erzählt von einer Schäferhündin)

Alles ist heute anders.

Wenn mir doch bloß jemand sagen könnte, was heute los ist!?

Was „Sitz" und „Platz" heißt, weiß ich schon. „Vorsichtig sein" und „Pippi machen" kenne ich auch. Wenn Frauchen sagt: „Pass auf!" Dann darf ich richtig laut bellen. Aber „Weihnachten", nein das Wort kenne ich nicht.

So wie es aussieht, muss man dann besonders sauber sein. Ronja die kleine Afghanen-Hündin wurde heute gebadet, was ihr gar nicht passte. Sie hat das ganze Badezimmer unter Wasser gesetzt und die Zähne gefletscht. Trotzdem riecht sie jetzt wie frisch gepflückte Pfirsiche (brrr). Geduldig habe ich diese Prozedur über mich ergehen lassen. Ausnahmsweise.

Heute ist alles anders. Ich mag ja lieber nach Hasenköttel oder am liebsten nach Kuhfladen riechen. Dafür werde ich auch heute beim Nachmittagsspaziergang sorgen. Es wird sich schon etwas finden worin ich diesen Pfirsichduft wegwälzen kann. Da kann einem ja schlecht von werden.

Alle sind beschäftigt. Frauchen singt in der Küche, brutzelt und kocht, Herrchen ist heute schon früher nach Hause gekommen, hat mich gestreichelt und gesagt:

„Whoopy, heute ist Weihnachten."
Christian knallt die Türen noch schlimmer als sonst, Stephan hat im Kamin einen mittleren Großbrand entfacht.
Martin räumt tatsächlich sein Zimmer auf. Habe ich gesehen als ich durch das obere Stockwerk meinen Rundgang gemacht habe. Als Schäferhündin bin ich so erzogen, dass ich auf alle aufpasse. Im ganzen Haus ist eine sonderbare Stimmung.
Ronja, meine Ziehtochter, grade mal 4 Monate alt, ist heute besonders undicht. Ständig will sie auf die Terrasse und in den Garten. Überall hinterlässt sie eine Lache, die komischerweise nach kurzer Zeit einfriert. Draußen fallen diese weißen kalten Dinger vom Himmel, die man nicht fangen kann.
Wir springen und versuchen nach ihnen zu schnappen. Erwischen wir eine, schmilzt sie in unserem Maul. Auf dem weißen Teppich werden unsere Pfoten nass.

Wo wir herlaufen hinterlassen wir viele Spuren, sodass schnell ein Muster in dem weißen Teppich entsteht. Jack der belgische Schäferhund bewacht das große Eisentor. Wie eine Statue steht er davor. Die Flocken und auch alles Andere stören ihn nicht in seiner Aufmerksamkeit. Er ist ein ausgebildeter Wachhund.

Alles ist heute anders.
Weihnachten? Ob Weihnachten so etwas wie Urlaub ist, wo man so lange mit dem Auto fährt und viel spazieren geht?

Nein, ich glaube nicht.
Sie haben sich da so ein komisches Ding im Wohnzimmer aufgestellt, wo immer die Rüden ihr Beinchen heben. Da hängen Lampen und Glitzer-Sterne drin und wenn man daran schnüffelt, wird man ausgeschimpft. „Nein, aus!"
Ronja, die überhaupt nicht hören kann, hätte ihn fast umgeworfen. Sie wollte in die hinterste Ecke hinter dem Baum kriechen. Da hat sie irgendein Krabbeltier gesehen. Er gefährlich gewackelt der komische Baum.

Herrchen hat ordentlich mit ihr geschimpft.
Beleidigt hat sie sich unter die Bank gelegt.
„Ich gehe jetzt mal raus und belle die Leute
am Tor an. Komm mit Ronja".

Beide laufen wir zum Tor wo Jack immer
noch steht. Jack der Türsteher könnte man ihn
auch nennen. Unbeweglich, die Nase in den
Wind haltend, die Ohren drehen in alle
Richtungen, damit er auch die kleinste
Bewegung bemerkt. Wir stellen uns neben
ihn. Er schaut Ronja einmal warnend an. Mit
einem „Wuff" macht er deutlich, „benimmt
dich." Ronja setzt sich und ahmt
Wachsamkeit nach. Aber nicht lange.
Nur bis zu dem Moment, wo der große
schwarze Rottweiler den Bürgersteig entlang
läuft.
Ordentlich angeleint, trottet er neben seinem
Besitzer her.
„Hey du! Belle ich ihn freundlich an „weißt
du was Weihnachten ist?"
Er sieht nur kurz hoch und knurrt:
„Lass mich in Ruhe! Ich hasse diese Leine.
Pah, weiß noch nicht mal was Weihnachten
ist. „Wie riechst du überhaupt?"

Er trabt arrogant weiter und ignoriert uns ab diesem Moment komplett.

Ronja kläfft zurück:

„Blödmann, wenn ich hier mal rauskomme, beiße ich dir in deine komischen Ohren." Jugendliches Temperament. Ich rufe sie mit einem Knurren zur Ordnung.

Ach, jetzt wissen wir immer noch nicht was Weihnachten ist.

Den Nachmittag verbringen wir damit, Leute anzubellen und unter den Autos zu toben. Wir versuchen die weißen kalten Dinger zu fangen, die vom Himmel fallen und sich Schnee nennen. Ronja buddelt an ihrem Fluchtloch unter dem Maschendrahtzaun. Die ganze Baderei ist für die Katz. Nase, Pfoten und der Rest der Afghanen-Hündin sind voller Matsch und Dreck.

In ihrem langhaarigen Fell hat sie Lehm und Schneeklumpen. Das auszubürsten wird wieder ein Mords-Theater, weil sie eine zimperliche Ziege ist. Mit zwei Leuten muss sie festgehalten werden.

Ich rieche den Husky. Den kann ich fragen, der ist immer nett. Schnell zum Tor.

„Hallo Husky, weißt du was Weihnachten ist?"

Er stellt die Ohren hoch und gibt freundliche Antwort:

„Na klar, das ist der Tag, an dem ich ins Haus darf, und besonders leckeres Futter bekomme." Ich wünsche dir, Jack und Ronja frohe Weihnachten", bellt er freundlich. Jack erwiderte diesen Gruß nicht.

Ronja diese Nervensäge ist außer sich.

„Leckeres Futter, leckeres Futter." kläff, kläff.

„Ich will jetzt rein, ich will jetzt rein!" winsel, knurr, knatscht sie vor der Terrassentür.

Im Haus ist große Geschäftigkeit können wir durch die Glasscheibe sehen. Niemand nimmt uns wahr. Im Kamin knistert ein gemütliches Feuer, durch die Türritzen können wir riechen, das im Backofen irgend ein Federtier schmurgelt.

Ich jaule ein bisschen verhalten und bittend. Wir möchten jetzt auch in die warme Wohnung. Uns wird kalt. Mit unseren Hundenasen verschmieren wir die sauber geputzte Scheibe der Terrassentür.

Nur Jack stört das alles nicht. Am Tor verharrt er unbeirrt.

Es wird langsam dunkel. Jetzt kommt Herrchen, mein allerliebstes Herrchen, öffnet die Tür und lässt uns ins Haus. Vorbei am warmen Kamin, wo ich mich gerne hingelegt hätte, geht es ins Wohnzimmer.

Wow! Toll!

Das Ding im Wohnzimmer leuchtet jetzt ganz außergewöhnlich. Viele Kerzen spiegeln sich in den glänzenden Kugeln. Eine besondere Stille geht von dem Weihnachtsbaum aus. Komische Töne kommen aus dem schwarzen Kasten. Für meine Ohren weich und schön, dass ich den Kopf schräg halte und lausche. Jack sitzt jetzt auch neben mir und staunt. „Wuff, wie schön."

Alle sind besonders fein gemacht. Es riecht gut im Haus. Viele unterschiedliche Düfte nach Essen, Keksen und Parfüm verwirren meine empfindliche Nase. Der Duft der Tanne mischt sich in den Duftcocktail. Ich muss Niesen. „Hatschi".

Dabei schütteln sich meine Ohren. Den Weihnachtsduft werde ich bestimmt nicht vergessen.

Bunte Kästchen und Pakete mit Schleifen werden überreicht. Die Jungens freuen sich, dass ein Teil ihrer Wünsche erfüllt wurden.
Und jetzt – jetzt rieche ich es. Jemand hält mir einen riesigen, riesigen Knochen hin. Das riecht jetzt mal besonders gut. Das ist ein schöner Weihnachtsduft für mich.

Wahnsinn! Irre! „Frohe Weihnachten Whoopy," wünschen mir alle und streicheln meinen Kopf. Ronja bekommt ihr Lieblings-Schweineöhrchen, über das sie sofort herfällt.
Jack seinen Pansen mit einem
„Danke schön Jack, dass du uns so gut bewachst." Jack der Schutzhund freut sich stolz über das Lob. Mit freundlichen braunen Augen blickt er in meine Richtung und macht „Wuff, wuff". Seine tiefe freundliche Belle, klingt gerührt.

„Stille Nacht, heilige Nacht" singt die Familie. Und so ist es dann auch: „Still."

Alle sind mit Auspacken beschäftigt und ich liege mit dem schönsten Knochen, den ich je bekommen habe vor dem warmen Kamin. Selbst Ronja ist ruhig und zufrieden.

Jetzt weiß ich was Weihnachten ist:
„Der größte beste Knochen der Welt – und ein schönes zu Hause."

Fröhliche Weihnachten!
Wuffwuff. Wuffwuffwuff. Auch von mir.

# Tanz der Lichter

Wenn Lichter tanzend im Reigen sich drehen,
Augen leuchtend beginnen zu sehen,

Gedanken sich bündeln zu warmem Gefühl,
das Dunkel auf einmal ganz hell werden will,

Kälte die Wangen rot werden lässt,
Wind sich beruhigt in kahlem Geäst.

Düfte sich süß und bitter vermischen,
Geschenke sich türmen auf zu kleinen Tischen,

Federflocken zur Erde reisen,
die Sterne Richtung Weihnachten weisen.

# Die Schneeflocke.

Hier aus meiner Wolke schaue ich mir die Welt von oben an. Ich bin eine kleine weiße Schneeflocke, hübsch anzusehen. Unten auf der Erde ist seit Kurzem eine Menge los. Aus der Vogelperspektive kann ich das sehr gut beobachten. Ein Treiben und Rennen.

Was tun die dort bloß? Alle kaufen ständig ein, tragen Mützen, Handschuhe und Schirme, sehen manchmal nach oben in den Himmel und schütteln griesgrämig mit dem Kopf.

Worauf sie wohl warten?

Sie unterhalten sich über das Wetter und sind schlecht gelaunt. Die Regentropfen aus der Nachbarwolke haben viel zu tun. Sie tropfen und tropfen den ganzen lieben langen Tag, sorgen für nasse Straßen und sumpfige Wiesen. In unserer Schneewolke ist es warm und gemütlich. Dort unten in der Welt ist es nass und grau.

Ein kleines Mädchen, das von der Mutter, die mit Paketen und Taschen beladen ist, hinter ihr hergezogen wird, weint „Mama, wann schneit es endlich. Wann kann ich Schlitten fahren und schlindern?"

Die Mutter erwidert nervös und gehetzt „Kind, das weiß ich nicht. Aber der Himmel sieht so grau aus und es wird kälter. Es könnte sein, das es bald schneit."

Das Mädchen bekommt einen roten Apfel und strahlt wieder. „Schneeflöckchen, Weißröckchen" singt es bittend in den Himmel. Und scheinbar hat es jemand gehört.

„So ihr Schneeflocken, der Wetterbericht hat Schnee angesagt. Es ist Winter und es wird kalt." berichtet die Wolke. Jetzt wird ordentlich geschneit. Es wird ernst. Ganz unvorbereitet und plötzlich ist Unruhe in der Wolke.

Alle Schneeflocken putzen sich, damit sie auch schön weiß sind. Es wird geübt wie man wirbelt oder ganz sachte rieselt. Diese Tanzerei ist ganz schön anstrengend.

Auch wir merken, dass es richtig kalt wird. Kalt und immer kälter. Die Regentropfen haben Pause. Auf der Erde wird es ruhiger. Die Menschen sind in ihren warmen Wohnungen und machen es sich gemütlich.

Ich bin schon ganz aufgeregt. Jetzt bloß nicht schmelzen!

Ein fürchterliches Durcheinander in der Wolke. Es wird eng und enger. Alle Schneeflocken drängeln sich dich aneinander und sind ganz nervös. Wo werden wir wohl hinfallen?

„Ich will auf einen Tannenbaum, ich will auf eine Fensterbank, damit ich die Menschen in ihrer Wohnung sehen kann, ich will in einen Wald fallen, wo die Tiere sind – ich will – ich will, ich will", rufen die Schneeflocken durcheinander.

„Macht euch bereit!"

„Jetzt wird gleich ordentlich geschneit!"

Ruft die Wolke donnernd. „Ruhe jetzt! Heute ist Weihnachten und wir wollen den Menschen auf der Erde eine Freude machen. Wir werden einen weißen sauberen Teppich über Felder, Häuser und Straßen legen."

Das kleine junge Schneeflöckchen neben mir ist ein bisschen unsicher. „Es ist so hoch, wenn man hinuntersieht. Der Wind wirbelt so stark. Was ist, wenn wir uns alle Kristalle brechen? Ich habe Angst, mir wird schlecht."

Beruhigend nehme ich sie an die kalte Hand.

„Du wirst sehen, es ist schön, wenn man so langsam auf die Erde rieselt, alles betrachten kann, und dann auf einer Tannenbaumspitze landet. Im Frühjahr werden wir in der Sonne wegtauen und wieder in einer Wolke wohnen. Dann sehen wir uns wieder."

Die Nacht ist dunkel und sternenklar. Das Gedrängel wird immer heftiger. Kaum ist noch Platz. Als alles fast zu eng wird, geht die Wolke plötzlich auf und wir wirbeln durch die Luft.

Hui, ist das herrlich, wir tanzen und drehen uns im Wind. Tausende von weißen Flocken wirbeln durch die Luft und breiten sich über die Erde aus.

Langsam wird die Welt weiß und ein dicker flauschiger Teppich überzieht wärmend die Natur. Straßen und Häuserdächer sehen wunderschön aus.

Der Wind fragt mich: „Und wo willst du dieses Jahr hin?"

„Ich habe ein bestimmtes Ziel lieber Wind", antworte ich.

„Wehe mich doch noch ein bisschen nach rechts, dorthin, wo das kleine Haus steht.

„OK, wie du möchtest." Aus dicken Backen pustet der Wind einen Moment etwas stärker.

Ich lasse die kleine Schneeflocke jetzt los. Wir gleiten langsam und sachte zur Erde hinab. Sie nach Links, ich nach rechts. Das Schneeflöckchen hat jetzt seine Angst verloren. Es ist schön dabei zuzusehen wie sie sich jauchzend dreht.

„Wo werde ich wohl hinfallen? Auf einen Baum? In eine Straße?"

Die kleine Schneeflocke ist fröhlich und winkt mir zu. Sie fällt sachte auf den kleinen Hügel mit anderen Flocken, die sich dicht aneinander drängen. Morgen werden die Kinder dort toben und mit ihren Schlitten rodeln. Sie wird fröhliches Lachen erleben. Vielleicht auch eine Schneeballschlacht.

Ich trudele gemächlich, meinem Alter entsprechend vor mich hin, bis ich das kleine Mädchen höre, das so sehnsüchtig auf Schnee gewartet hat.

Ein bisschen balanciere ich hin und her und bitte den Wind: „Etwas weiter nach Rechts."

Noch eine kleine Böe, den Rest kann ich dann alleine. Ich habe ein bestimmtes Ziel. Dick eingepackt in Jacke, Schal und Mütze schaut das kleine Mädchen, vor seiner Haustür verzückt in den Himmel „Mama, Mama es schneit."

In diesem Augenblick falle ich punktgenau auf die Nasenspitze des Mädchens und kitzele sie ein bisschen, das es Niesen muss. „Hatschi!", und nochmal etwas heftiger und lauter „Hatschiiiii!"

Ihr Finger tastet zur Nase und nimmt mich auf.

„Ooh wie schön", schauen mich große blaue Kulleraugen an.

„Hallo Schneeflocke", lächelnd werde ich von allen Seiten betrachtet.

Das kleine Mädchen legt mich auf den Schneeteppich.

„Ich baue jetzt einen Schneemann Mama."

Mit anderen Schneeflocken rollt sie mich zu einer kleinen Kugel. Wir halten uns gut fest, damit wird nicht auseinander fallen. Und dann noch eine dickere Kugel. Mit roten Bäckchen vor Anstrengung und Aufregung betrachtet sie stolz ihr fertiges Werk.

Einen alten Blumentopf als Hut, eine Möhre als Nase und Kohlestückchen wurden zu Mund und Augen. Prächtig ist der nicht so ganz perfekte Schneemann.

Und es schneit weiter.

Weiß ist die Mütze der Kleinen, als es zur Weihnachtsbescherung zufrieden ins Haus geht. Sie winkt dem Schneemann zu, „bis morgen Schneemann."

Unter dem Weihnachtsbaum warten schöne Geschenke.

Doch das schönste Geschenk war der Schnee.

# Das Weihnachtsherz

Es riecht nach Weihnachten, ich greife in die Luft,
forme mit meinen Händen ein Herz aus dem Duft.
Sanft streicheln meine Finger das zarte Gespinst,
übergeben es der Winterluft, die vor Kälte glänzt.
Langsam und seicht hebt es ab, fliegt weit,
pendelnd und zögernd hinaus in die Zeit.

Meine Augen verfolgen den einsamen Weg,
sehen ihm nach, wie es leise entschwebt.
Zierliche Fäden gleiten mit ihm hinauf,
nehmt gedanklich einen davon, hebt ihn auf,
mit den Fingern der vom Herzen kommenden Hand,
haltet es fest, das verbindende Band.

Das Herz schwingt hinauf, entschwindet dem Blick,
dreht ab in den Kosmos, schaut lächelnd zurück.
Taucht ein in das Sternenmeer lieber Gedanken,
und die Unendlichkeit öffnet die Schranken,
für Hoffnung und Sehnsucht in jeder Gestalt,
für Liebe und Freundschaft die niemals verhallt.

Es umspannt jetzt die Welt, die gut ist in sich,
und leuchtet in einem besonderen Licht,
ein Licht entzündet von fröhlichen Herzen,
flackerndem Feuer und Weihnachtskerzen..
Denn Weihnachten ist dort, wo das Herz still verweilt,
zwischen Himmel und Erde, dem Traum und der Zeit.

# Die kleine Lokomotive

Eine kleine Lokomotive zieht schnaufend eine Reihe Waggons hinter sich her. Ihr Lack ist schwarz und aus ihrem Schornstein pufft Qualm. Runde Scheinwerfer sind die Kulleraugen die durch das Schneegestöber leuchten. Eine weiße Kappe aus Schnee ziert ihr kleines Dach, wie eine Schläger-Mütze mit Schirm.

Sie hat es eilig die kleine Lok, denn die Geschenke, die sie transportiert, sollten noch rechtzeitig beim Christkind ankommen. Aus dem Wald der fleißigen Wichtel in den Himmel zum Christkind, das ist seit Jahren ihre Strecke. Es geht immer steil bergan Richtung Himmel.

Die Wichtel im Zauberwald hatten schon das ganze Jahr Geschenke hergestellt und waren jetzt froh, dass alles rechtzeitig fertig geworden war.

Sie beluden den kleinen Zug mit Zuckerstangen, allerlei Spielzeug, warme Socken und Pudelmützen. Die Waggons waren voll beladen und Berge von Dingen türmte sich in Inneren der Loren.

Die Wichtel hatten über jeden Waggon eine Zauberdecke gelegt damit niemand sehen, konnte welche Schätze dort transportiert wurden.

Der kleinen Lokomotive gaben sie noch einige Kohlestückchen als Proviant mit. Dann machte sich der Zug auf den Weg. Langsam und beschwerlich zog sie ihre kostbare Fracht auf den verschneiten Schienen voran.

Mit der Zeit wurde die Fahrt schneller und führte durch den weißen Winterwald zwischen verschneiten Bäumen und Sträuchern. Fliegenpilze winken. Die Häuschen mit den lilafarbenen Dächern, in denen die Wichtel wohnen, ziehen vorüber. Sie stehen versteckt unter den Bäumen.

„Gute Fahrt" zwitschern die Vögel.

Eine verschneite Landschaft säumt den Weg des Weihnachtszuges. Im gefrorenen See spiegelt sich der Rauch, der aus dem Rohr der kleinen Lok emporsteigt, wider. Sie schnauft angestrengt die kleine Zugmaschine. Ihre stählernen Arme, mit denen sie die Räder antreibt, bewegen sich schnell und schneller.

Sie kennt die Strecke – ist schon viele Jahre dort entlang gefahren. Jedes Jahr vor Weihnachten.

Gleich kommt der schwierigste Teil. Den höchsten Berg der Welt hinauf. Da braucht sie vorher eine kleine Verschnaufpause und macht Rast an dem Bahnhof Feen-Welt, der am Fuß des höchsten Berges der Welt liegt.

Von den Feen herzlich begrüßt, bekommt sie noch einen Korb voll Kohlestückchen für unterwegs. Die schwarzen Bröckchen haben besonderen Zauber. Sie sind mit glitzerndem Feen-Staub gepudert und schmecken süß.

Die Feen reinigen die verschwitze kleine Lok.

„Das tut gut", bedankt sich das Lokomotivchen.

Zwischendurch fliegen sie mit durchsichtigen Flügeln immer wieder den Zug entlang der Waggons und kontrollieren die wertvolle Ladung.

Tssschhh hört man, als die kleine Lok Anlauf nimmt. Tsch tsch tsch tsch, immer schneller wird das Tempo. Die Steigung ist gewaltig und die Schienen winden sich in Serpentinen den Berg hinauf.

Und wie jedes Jahr macht sie kurz vor dem Gipfel fast schlapp.
Puh, tsch tscht, ist das schwer,
puh tschtsch - ich kann nicht mehr.

Wenn sie anhalten würde, ginge es rückwärts den Berg wieder hinab.
Alle Kraft nimmt sie zusammen und singt:

*Ach ist das schwer, ach ist das schwer,*
*ich schaffe es dies Jahr nicht mehr,*
*Loki, Loki streng dich an,*
*mit Mut geht es voran, voran.*

Und mit diesem kleinen Lied puffert sie den Berg hinauf und kommt erschöpft am Gipfel an. Mit letzter Kraft und viel Schwung gleitet sie über die höchste Spitze des Berges hinaus.
Ab jetzt schwebt sie Richtung Himmel und gleitet durch die Wolken ohne Schienen.
Nur noch über den bunten Regenbogen und bald ist sie am Ziel. Die Farben des Regenbogens sind kleine Straßen die in bestimmte Richtungen führen. Der Zug nimmt die gelbe Fahrspur, die golden leuchtet.

Neben, über und unter ihr tanzen Schneeflocken und Sterne die an ihr vorbeihuschen, winken in Eile.

Die kleine Lok weiß, sie muss den goldenen Streifen des Regenbogens nehmen, um zum Christkind zu kommen. Schneegestöber behinderte die Sicht. Die Scheinwerfer nach unten gestellt folgt sie konzentriert dem goldenen Streifen. Sie weiß, wenn sie abweicht, fällt sie zurück auf die Erde.

So erreicht sie erschöpft die ausgeschilderte Station HBF Himmel. Blütenweiße Engel mit gewaltigen Flügeln warten am Gold-gepflasterten Bahnsteig. Das Bahnhäuschen ist hinter Wolken versteckt und man sieht nur die unteren Mauern. Eine der Eisenbahnweichen wird wie von Zauberhand verstellt. Das Wesen im Bahnwärterhäuschen hatte einen Hebel umgelegt.

„Hallo Loki, schön das Du pünktlich bist wie immer" die Begrüßung ist herzlich. „Du hast ja wieder so volle Waggons. Die Wichtel übertreffen sich selbst in der Weihnachtszeit". „Wir koppeln jetzt ab. Du musst dieses Mal noch ein Stückchen weiterfahren."

Selbst die abgeschabten Eisenräder und die vom Ruß schwarze Schornsteinspitze. Nur die kleine Schneekappe auf dem Führerhäuschen glitzerte in strahlendem Weiß.

Sie war zauberhaft schön, die kleine Loki.

Und noch einmal tönte eine sanfte Stimme aus den Wolken: „Das hast Du verdient kleine Lokomotive. Da strahlt nur Dein goldenes Herz nach außen".

Als sie den Zauberwald der Wichtel erreichte, erkannte sie zuerst niemand.

Erst als sie zischend anhielt, ihre Räder auf den Schienen kreischten, liefen die Wichtel herbei. Sie tobten über den Bahnsteig und sangen Lieder, die niemand kennt, und tanzten Tänze die wie Judo-Übungen aussahen. So eine Freude über Lokis Ankunft.

Ein Wichtel Mädchen trat auf Loki zu und sagte:

„Du siehst müde aus, aber wunderschön. So golden und strahlend. Man könnte Dich glatt für eine Sternschnuppe halten."

Es gab jedoch etwas, das niemand bemerkte.

Die Schienen über welche die kleine Lokomotive nach Hause gefahren war, hatten sich hinter ihr in goldene Gleise verwandelt, die in den Wichtel Wald führen. Sie sind nur Weihnachten zu sehen, bei einem Spaziergang durch den verschneiten Tannenwald. Gleich neben den Fliegenpilzen unter dem Farn, sieht man zwei goldene Streifen.

# Wichtel Wald

Im Wichtel Wald, im Wichtel Wald,

findest du so manche Urgestalt,

nur in der frischen Winterluft

verbreitet sich im Dorf ein Duft

Lebkuchen und Blaubeersterne,

riecht man schon aus weiter Ferne.


Im Wichtel Wald, im Wichtel Wald

wohnen zusammen Jung und Alt,

basteln an Geschenken,

wenn sie an Kinder denken.

Spitze Mützen auf dem Kopf,

an jeder Seite einen Zopf.


Im Wichtel Wald, im Wichtel Wald

fröhliches Singen laut erschallt,

Wichtel-Augen leuchtend blitzen,

unter dem Fliegenpilz, wo sie gern sitzen

Socken stricken, Schürzen nähen,

von dort aus sich die Welt ansehen.

Im Wichtel Wald, im Wichtel Wald
der Eule Ruf unheimlich schallt,
auf Zehenspitzen müsst ihr gehen,
damit sie euch erst gar nicht sehen.
Bemerken sie jedoch den Schritt,
verschwinden sie im Augenblick.

Zum Wichtel Wald, zum Wichtel Wald,
dorthin führt dein Weg dich bald.
Wer Fantasie sein Eigen nennt,
den Weg dorthin sehr schnell erkennt,
zwei Streifen Gold, von Farn gesäumt,
sieht der, der auch am Tag gern träumt.

Im Wichtel Wald, im Wichtel Wald,
da ist die Küche niemals kalt,
geht in den Wald ganz tief hinein,
Ihr werdet Gast der Wichtel sein.
Aus grünem Kraut gibt's eine Suppe,
aus Stroh gebunden eine Puppe.

Nur im Advent darf niemand stören,
sie würden deinen Wunsch nicht hören.

# Das Kalenderblatt

Fast ganz unten, unter vielen anderen Blättern, hinten am Ende des Jahres, auf dem Abreißkalender, hänge ich zwischen dem 23. und 25. Dezember, schon viele Tage mit dem Rücken an der Wand. An einer Wand in irgendeiner Küche. Die anderen Blätter drücken, weil sie auf mir liegen. Manche sind auch schon etwas verknickt. Jeden Tag wird ein Blatt abgerissen und ein kleiner Spruch vorgelesen, der auf der Rückseite des Kalenderblattes steht.

Die roten Kalenderblätter sind ganz besondere Tage mit Bedeutung, entsprechend hochnäsig. Es sind Feiertage und Sonntage. Am schlimmsten hat sich das Osterkalenderblatt aufgeführt. Wochenlang war nichts anderes zu hören als:

„Ich bin der höchste Feiertag im Jahr, man müsste mich eigentlich eine ganze Woche offen hängen lassen."

Oder das Rosenmontagsblatt hat den ganzen Tag Helau! Helau gerufen.

Ich bin nicht rot. Bei mir steht nur: 24. Dezember, Heiliger Abend geschrieben. Ich bin also der Heilige Abend. Na, bin gespannt, was so los ist am Heiligen Abend.

Wenn erst einmal die anderen Blätter abgerissen würden, werde ich es ja erfahren.

Geduld, Geduld heißt es, wenn man einer der letzten Tage im Jahr ist. Ich freue mich, wenn das Jahr zu Ende geht, dann kann ich endlich auch einmal, nach so langer Zeit etwas sehen, wenn auch nur für einen Tag.

Am Anfang des Jahres habe ich alles nur aus der Ferne gehört. Doch jetzt werden die Stimmen langsam deutlicher, die Last der anderen Blätter nimmt ab.

Die netten Wochentags-Blätter berichten ab und zu, was da draußen so los ist. Sie erzählen von einer schönen Küche, einer alten Dame, die tagsüber zu Hause ist, die kocht und aufräumt und manchmal weint – immer dann, wenn der Briefträger da war.

Ich merke, die Tage werden kürzer und kälter, und weil wir Kalenderblätter neben dem Küchenschrank am Fenster hängen, weht manchmal ein bisschen der Wind darunter, hebt die einzelnen Blätter an, und wir können herauslugen.

So vergeht ein Jahr mit verschiedenen Eindrücken.

Hell im Frühling und Sommer, lautes Treiben auf der Straße vor dem Haus, Wind und feuchte Kälte im Herbst. Die Dezember Kalenderblätter berichten von Schnee und Frost, von Eiszapfen, weißer Landschaft und einer gemütlichen Küche mit Tannenzweigen und einer kleinen Kerze auf dem Tisch.

Puhh, ich möchte jetzt auch endlich dran sein.

Die Tage vergehen, der Kalender wird dünner und dünner. Der 23. Dezember erzählt mir, das eine große Geschäftigkeit und Unruhe in der Küche herrscht. Noch eine Nacht, dann bin ich dran.

Sie hat es vergessen! Hat es tatsächlich vergessen. Sie hat versäumt den 23. Dezember vom Kalender abzureißen. Die Uhr am Kirchturm hat schon Mittag geschlagen. Sonst macht sie es immer! Vorsichtig reißt sie das Kalenderblatt vom vergangenen Tag ab, noch vor dem Frühstück. Ob es etwas mit dem Telegramm, das sie schon ganz früh morgens bekommen hat, zu tun hat?

Der Tag vergeht, es wird schon dunkel, ich hänge immer noch unter dem 23. Dezember und warte. Ich bin stocksauer! Das wird wohl heute nichts mehr.

Da wartet man ein ganzes Jahr geduldig, bis man endlich dran ist, und dann? Dann wird man einfach vergessen, einfach hängen gelassen. Wofür ist man denn ein Kalenderblatt. Doch dafür, dass jeder weiß was für ein Tag ist.

„Haaaaloooo!"
„Heute ist nicht der 23. Dezember. Heute ist Heiliger Abend!" Versuche ich mich bemerkbar zu machen. Ich befürchte, ich werde keinen Weihnachtsbaum sehen und spätesten morgen im Papierkorb landen.
So ein ausgesprochener Mist.
Schöne Musik klingt aus dem Radio, Papier raschelt und Glöckchen klingen.
Schritte, die auf den Holzdielen knarren, die alte Dame läuft fröhlich summend durch den Raum.
Sieht sie es denn immer noch nicht?
„Hallo, hallo, hierher! Hier zum Fenster neben dem Küchenschrank. Du hast vergessen den 23. Dezember abzureißen. Heute ist der 24. Dezember",

möchte ich rufen, aber ich kann ja nicht.

Papier ist eben geduldig.

Die alte Dame öffnet das Fenster und beobachtet die Straße. Kalte Schneeluft weht in den Raum. Sie scheint auf jemanden zu warten. Sie ist aufgeregt und freut sich! Läuft wieder zum Tisch, richtet alles, rückt das Geschirr, geht wieder zum Fenster. Ihr Blick streift durch den Raum, um zu mustern, ob auch wirklich alles schön und gemütlich ist. Ja, es ist alles in Ordnung, sie ist zufrieden. Jetzt kann er kommen.

Doch da, ganz plötzlich fällt es ihr auf! In der ganzen Aufregung hat sie versäumt den Kalender auf den Tagesstand zu bringen. Zwei, drei Schritte und sie macht es. Sie reißt den 23. Dezember ab – und ich kann endlich etwas sehen. Zuerst nur ein schwaches Licht, bis ich dann alles richtig wahrnehme. Ich sehe den Raum, die alte Dame, den Tisch, den Herd und den Tannenbaum.

Ein klitzekleines krüppeliges Bäumchen mit abgebrannten Kerzenstummeln geschmückt, die mit Draht an den Ästen befestigt sind. Aus Stroh und Stanniolpapier hängen Sterne daran. Selbst gebackene Plätzchen aus Kartoffelmehl lassen die kleinen Äste fast abbrechen.

Die Waschschüssel, in die das Bäumchen gestellt wurde, ist mit einem alten Tuch abgedeckt. In Zeitungspapier gewickelt, mit einem aufgeribbelten Wollfaden verschnürt und mit Sternen aus Stanniolpapier verziert, liegen zwei Päckchen unter dem Baum.

Er ist wunderschön, der armselige Baum. Er strahlt in seiner Bescheidenheit, reckt die krummen kleinen Äste stolz in den Raum, als wäre er mit den prächtigsten Kugeln und reichem Glitzerzeug behängt und mindestens 3 Meter hoch. Er verbreitet ein ganz besonderes Licht, warm und heimelig – das Weihnachtslicht.

Auf dem Herd steht ein Topf und es riecht nach Suppe. Der alte Holztisch ist spärlich aber festlich gedeckt. Zwei Teller von unterschiedlichem Geschirr. Eine Blechtasse und eine Tasse aus Porzellan, die auf einem Stück Papier steht, weil durch einen langen Riss immer der Kaffee leicht herausläuft. Zwei Löffel und ein Korb mit Brot.

Weiß und angespannt ist das gütige Gesicht der alten Frau, die mager und bescheiden im Raum steht.

Sie wartet mit verkrampften Händen, dass es endlich an der Tür, für die es keinen Schlüssel mehr gibt, klopft. Erneut fahren abgearbeitete welke Hände in die Tasche der Kittelschürze und holen das Telegramm hervor. Die Zeit wird so lang.

Die Tür wird geöffnet, ganz langsam. Ein großer Mann, gekleidet in Etwas, das einmal eine Uniform war. Mit müdem Gesicht, halb verhungert aber mit einem Lächeln in den Mundwinkeln, stürmt herein.

Er nimmt seine alte Mutter in die Arme und wirbelt sie so heftig durch den Raum, dass ihr schwindelig wird. Beide drücken sich immer und immer wieder. Freudentränen bringen die Augen zum Glänzen. Er ist endlich aus der Gefangenschaft entlassen. Krank und verhärmt aber glücklich steht er in der kleinen Küche.

Die beiden haben sich viel zu erzählen und es wird ein schöner Weihnachtsabend mit fröhlichem Lachen, aber auch vielen Tränen.

Vor dem Zubettgehen dreht die alte Dame sich zu unserem Kalender um, blickt nachdenklich, kommt langsam auf mich zu.

Sie nimmt mich ab, schlägt ein kleines Buch, in dem sie ihre Erinnerungen aufbewahrt, auf. Sie legt das Telegramm, zerknüllt und feucht von ihren Freudentränen, in das Büchlein. In diesem Telegramm stand:

Komme heute 24.12. nach Hause, Hans.

Und mich,
das Kalenderblatt vom 24. Dezember,
Heiliger Abend, auf dessen Rückseite der Spruch „Frieden auf Erden" steht, legt sie dazu – streicht mich noch einmal glatt und schreibt darunter

Weihnachten 1948,

Hans ist wieder zu Hause.

Mit Freudentränen in den Augen und einem Seufzer schließt sie das Album. Ein kleiner salziger Tropfen verwischt meine Schrift und es wird wieder dunkel für mich.

# Die Autorin

Adelheid Bitzer, geboren 1957. Sie wuchs in einer deutsch-italienischen Arbeiterfamilie zweisprachig auf, und ist Gladbeck im Ruhrgebiet zu Hause.

Schon in ihrer Kindheit hat sie gerne selbst ausgedachte Geschichten erzählt. Als beide Söhne noch klein waren, schrieb sie Weihnachts-Geschichten zum Vorlesen.

2007-2010 wurden Gedichte von ihr veröffentlicht.

Nach langer Zeit ohne das Hobby Schreiben erschien im Jahr 2022 ihre erste Kurzgeschichte in einer Anthologie. Es folgten 13 Veröffentlichungen ihrer Texte in unterschiedlichen Verlagen in einem Zeitraum von 6 Monaten. Im Mai 2023 erschien ihr erstes eigenes Buch **„Ruhrpottblagen"**.

Märchen, Kurzgeschichten und Gedichte sind ihre Welt.

Wie ich und warum ich schreibe.

Wenn ich auf meinem Lebensweg auf einer Bank in der Sonne ausruhe, nehme ich den Stift zur Hand und schöne Bilder werden zu bunten Worten.

Wie ein Zirkusartist jongliere ich mit Buchstaben und lasse sie beiläufig auf ein weißes Blatt Papier fallen. Manchmal auch auf Butterbrotpapier oder der freien Ecke einer Zeitschrift.

Fantasie und Freiheit setzen sich zu mir, machen es sich neben mir gemütlich und sortieren die Worte. So entsteht eine kleine Geschichte.

Für den Fall, dass Regentropfen oder Tränen die beschriebenen Blätter benetzen, werden sie zu meinem individuellen Wasserzeichen.

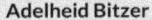

Adelheid Bitzer

# Ruhrpott Blagen

Humorvolle Kurzgeschichten aus den 1960er Jahren

Mai 2023

ISBN: 978-3-7543-3933-6

Taschenbuch/E-book 9,90 €/4,90 €

# Kurzgeschichten aus Kindertagen in Brauck

**Adelheid Bitzer hat mit „Ruhrpott Blagen" ihr erstes Buch veröffentlicht. Humorvolle Erzählungen aus den 50er und 60er Jahren**

„Ruhrpott Blagen" ist nicht das erste Werk der Gladbecker Autorin Adelheid Bitzer – aber das autobiografischste.

In Adelheid Bitzers Buch gibt es auch Fotos aus der Kindheit der Autorin.

### ...und die andere korkelt betrunken durch Paterno

### Hier erhältlich